AF360638

L'UNION

DE L'AMOUR ET DES ARTS,

BALLET-HÉROÏQUE

EN TROIS ENTRÉES;

COMPÔSÉ DES ACTES

DE *BATHILE* ET *CHLOÉ*,

DE *THÉODORE*,

ET DE *LA COUR D'AMOUR*:

REPRÉSENTÉ,

PAR L'ACADÉMIE-ROYALE

DE MUSIQUE,

Le Mardi 7 Septembre 1773.

PRIX XXX SOLS.

AUX DÉPENS DE L'ACADÉMIE.

A PARIS, Chés DELORMEL, Imprimeur de ladite Académie, rue
du Foin, à l'Image Sainte Genevieve.

On trouvera des Exemplaires du Poeme à la Salle de l'Opera.

M. DCC. LXXIII.

AVEC APPROBATION ET PRIVILEGE DU ROI.

Le Poeme eſt de M. LE MONNIER,
Commiſſaire des Guerres.

La Muſique eſt de M. FLOQUET.

BATHILE ET CHLOÉ.

PREMIÈRE ENTRÉE.

ACTEURS CHANTANTS

DANS LES CHŒURS.

CÔTÉ DU ROI.		CÔTÉ DE LA REINE.	
Mesdemoiselles.	*Messieurs.*	*Mesdemoiselles.*	*Messieurs.*
Girardin.	Cailteau.	le Bourgeois.	Larlat.
Garrus.	Héri.	d'Agée.	Vatelin.
la Guerre.	Lagier.	Chenais.	l'Écuyer.
	Van-Hecke.	de l'Or.	Tourcati.
de Laurette.	Martin.	des Rosières.	Ghuiot.
Durand.	le Grand.	de Merei.	Capoi.
Fontenet.	Dessart.	Denis , l.	Moreau.
Veron.	Hollmans.	S. Julien.	Méon.
Renard.	Boi.	du Val.	Beghaim.
Rouxelin.	Laurent.	Déjardins.	Cleret.
	Huet.		Tacuffet.
	Itasse.		Baillon.
	Parant, c.		Deformeri.
	Jouve.		Fagnan.
	Lainez.		

ACTEURS.

HERMOTIME, *Grand-Prê-tre d'Apollon, pere de* CHLOÉ, M. Gélin.

CHLOÉ, *fille d'*HERMOTIME, Mlle. Beaumesnil.

THÉONE, *confidente de* CHLOÉ, Mlle. Châteauneuf.

BATHILE, } *amants de* CHLOÉ. M. le Gros.
HARPAGE, } M. Durand.

UN PRÊTRE *d'*APOLLON, M. Cavallier.

PRÊTRES & PRÊTRESSES D'APOLLON.

PEUPLES D'ATHÈNES.

ESCLAVES ATHÉNIENS.

GARDES DU TEMPLE.

La Scêne est à ATHÈNES, *dans le temple d'*APOLLON, *dieu des Arts.*

PERSONNAGES DANSANTS.

PEUPLES D'ATHÈNES.

Mlle. HIDOU.

M. des PREAUX, Mlle. LE CLERC.

M. GARDEL, j., Mlle. DORIVAL.

Mrs. Caster, Giguet, Hennequin, c., Guillet, Giroux, la Rue, Lieffe, le Roi, 2, du Pré, Barré, Fontaine, Duffel.

Mlles. Ifoire, d'Auvilliers, Henriette, du Mont, Gertrude, des Haies, le Monier, Lolotte, Auberte, Duval, Jude, de Milli.

BATHILE ET CHLOÉ.

Le théâtre repréfente le temple d'Apollon, dieu des Arts.

SCÉNE PREMIÉRE.
CHLOÉ, THÉONE.

THÉONE.

QUel fombre ennui de votre cœur s'empare ?
Voici le jour heureux qui vous donne un époux :
Déjà de votre himen la pompe fe prépare,
Et vous verfés des pleurs en des moments fi doux !

CHLOÉ.

Tu connois l'amant que j'adore :
Je forme d'autres nœuds dans ce funefte jour ;

Et tu peux t'étonner encore
Des pleurs que cette perte arrache à mon amour ?
O mon pere ! est-ce en vain que ma voix vous implore?

THÉONE.

Ainfi, belle **C**hloé, rien n'a pu l'attendrir ?

CHLOÉ.

Théone, hélas ! envain j'ai tout mis en ufage.
Tout entier aux beaux arts, qu'Athènes voit fleurir,
  Il veut que l'himen ne m'engage
   Qu'au mortel, qui faura le mieux
Animer fur la toile & chanter fur la lire
Mes frivoles appas… cruël préfent des dieux !
Le jour eft arrivé ; l'inftant fatal expire
Où je vais voir brîfer le plus charmant des nœuds.

THÉONE.

Et Bathile vous abandonne !

CHLOÉ.

  J'ignore fon deftin, Théone ;
  Mais crois qu'il plaint mon fort affreux.

Forcé de me quitter par une loi fevere,
Privé de la douceur de s'offrir à mes yeux ;
Sans talents, fans efpoir de m'obtenir d'un pere,
  En reftant dans ces lieux,
  Eh! qu'y pouvoit-il faire?
       Bathile

Bathile eſt ſimple & ſans fard,
Son eſprit eſt ſans culture ;
Mais, s'il ne doit rien à l'art,
Il doit tout à la nature.
Dans ſes yeux j'ai vu, cent fois,
Briller le feu du génie ;
Et c'eſt à lui que je dois
　　Les beaux jours de ma vie.

Mon amant ne ſait qu'aimer ;
Mais dans cet art il eſt maître :
Sans talents faits pour charmer,
Il ſait encor s'y connoître.
L'Amour, qui forma ſon cœur,
Lui donna le don ſuprême
D'enſeigner cet art vainqueur,
　　Auſſi bien que lui-même.

THÉONE.

Que je vous plains ! quel ſort affreux pour vous !..
Le temple s'ouvre : on vient vous nommer votre
　époux...
C'eſt Harpage.　　　(*Elle ſort.*)

CHLOÉ.

Grands dieux !.. O Bathile, pardonne.

B

SCÈNE II.

HERMOTIME, CHLOÉ, HARPAGE, Prêtres & Prêtresses d'Apollon, Peuple d'Athènes.

(*On danse.*)

HERMOTIME.

REndés grâce, ma fille, à la faveur des cieux :
  Voici l'époux que je couronne,
C'eft Harpage... c'eft lui dont les talents heureux
Ont décidé mon choix ; & ma main vous le donne.
Les arts & les talents nous rapprochent des dieux.

CHLOÉ.

  C'eft à vous que je dois la vie ;
Du plus faint des devoirs tout m'impôfe la loi :
  Vous obéir eft mon envie,
  Et mon pere eft un dieu pour moi.

HARPAGE, *avec fierté.*

  En vous aimant, vous deviés croire
Que je trïompherois de mes plus fiers rivaux :
Par un aveu flatteur couronnés mes travaux ;
Ajoûtés, s'il fe peut, un prix à ma victoire ;
  Mon bonheur en ce jour
  Doit égaler ma gloire.

CHŒUR.

Couronnés un amant digne de votre amour :
Son bonheur en ce jour
Doit égaler fa gloire.

HERMOTIME, à CHLOÉ.

Qui peut caufer le trouble où je vous vois ?
Lorfque votre bonheur m'occupe & m'intereffe ,
Le fatal foûvenir d'une aveugle tendreffe
Vous fait-il dédaigner mon choix ?

HARPAGE.

Pour prix de mon amour fincere ,
Laiffés-moi lire au moins dans vos yeux fatisfaits
Un aveu, qui mettra le comble à mes fouhaits.

CHLOÉ, froidement à HARPAGE.

Seigneur , j'obéis à mon pere ;
Mais le tems feul calmera mes regrèts.
(On danfe.)
(Pendant le ballet, les prêtres apportent les vâfes
pour les libations ; on allume le feu facré.

HERMOTIME.

Tout eft prêt pour le facrifice :
A pprochés… il eft tems que l'himen vous uniffe.

CHLOÉ, à part.

Quel moment !

SCÈNE III.

Un PRÊTRE D'APOLLON , *& les* ACTEURS
précédens.

(Le prêtre fait pôser fur l'autel un tableau, porté
par deux efclaves, & repréfentant CHLOÉ *: tout*
le peuple d'Athènes fuit en foule le Prêtre
d'Apollon , & refte derrière lui.)

LE *PRÊTRE D'APOLLON.*

Arrêtés !

HERMOTIME.

Quel chef-d'œuvre nouveau
Vient-on offrir à ma vue ?

LE *PRÊTRE D'APOLLON.*

Seigneur, une main inconnue
Dans le temple, à l'inftant, apporte ce tableau :
Le peuple, qui me fuit , lui donne fon fuffrage.

HARPAGE , avec fierté & colere.

Seigneur, j'obtins le vôtre , & ce font-là mes droits ;
Aux yeux d'un peuple entier me feriés-vous l'outrage

De balancer dans votre choix?
Chloé doit être mon partage :
Quel autre en ce moment peut me la difputer?..

HERMOTIME, *vivement.*

L'heureux mortel qui fait du talent d'imiter
Faire un art fi fublime.
Le terme n'eft pas expiré,
Et votre himen encor peut être différé.

CHLOÉ, *à part.*

Si j'ôfois me livrer à l'efpoir qui m'anime !..

HARPAGE, *avec dépit.*

Ordonnés donc, feigneur, qu'il s'offre à vos regards
Ce mortel...

HERMOTIME, *avec chaleur.*

Oui : qu'il fe faffe connoître :
Dans le temple du dieu des arts
Son ouvrage immortel eft digne de paroître :
Sachons à qui ma fille engagera fa foi ...
Que vois-je ?

(*Appercevant* BATHILE *qui perce la foule & vient
fe jetter aux piés d'*HERMOTIME.)

HARPAGE.

O Ciel!

CHLOÉ.

C'eſt Bathile.

SCÉNE DERNIÉRE.

HERMOTIME, HARPAGE, CHLOÉ, BATHILE, Prêtres et Prêtresses, Athéniens et Athéniennes.

BATHILE, à Chloé.

Oui, c'eſt moi.

à Hermotime.

M'accordés-vous la victoire
Sur mes rivaux en ce jour ?
Je n'ai rien fait pour la gloire,
J'ai tout fait pour mon amour.
Je craindrois moins pour ma flâme,
Si, flatté d'un doux ſuccès,
J'avois pu rendre ſes traits
Comme ils ſont gravés dans mon âme.

HARPAGE, à B*ATHILE*.

Vous n'êtes pas encore au comble de vos vœux ?

à H*ERMOTIME*.

Seigneur, par un hafard heureux,
Bathile eft mon rival ; je n'en devrois plus craindre :
Mais j'ai fubi des loix qu'il doit fuivre à fon tour.
S'il eft animé par l'Amour
Il chantera Chloé, comme il a fu la peindre.

B*ATHILE*, *à* H*ARPAGE*.

N'en doutés pas :

à H*ERMOTIME*.

Seigneur, fufpendés votre choix ;
Pour mériter Chloé tout me fe fera facile.
Peuple, écoutés ma voix.

(*Un des prêtres d'*A*POLLON remet à* B*ATHILE une lire d'or.*)

CHLOÉ, *à part.*

Dieux ! protégés Bathile.

B*ATHILE*.

Écho de mes foûpirs, organe de mes feux,
O ma lire, fais éclore

Des fons harmonïeux !
Je chante l’objet que j’adore,

à CHLOÉ.

Jamais la naiſſante aurore
N’eut l’éclat de vos attraits :
C’eſt la jeuneſſe de Flore
Qu’on voit briller dans vos traits.

Belle Chloé , tout doit vous rendre hommage ;
Tout annonce que les dieux
Vous ont faite à leur image
Pour le charme des cœurs & le plaiſir des yeux.

Jamais , &c.

CHŒUR.

Quels accords vainqueurs nous raviſſent ?

HERMOTIME ET *CHLOÉ , avec le* Chœur.

Eſt-ce un dieu qui charme ⎰ mes ⎱ ſens ?
⎱ nos ⎰

HERMOTIME , ſeul.

Que Chloé ſoit le prix de vos heureux talents.

CHŒUR.

Du plus parfait bonheur que ces amants jouïſſent.

HARPAGE

HARPAGE, à part.

Ciel! je vois trïompher l'objet de mes mépris.

CHLOÉ, à HARPAGE.

Bathile a mérité le prix.

à HERMOTIME.

Souffrés que mon cœur le lui donne.

HARPAGE.

Ainfi, vous préférés fon amour à mes feux ?
Ah!tremblés pour l'amant que votre main couronne!
A fes tranfports jaloux mon âme s'abandonne ;
Et je vais m'immoler un rival odïeux.

*(Il arrache des mains d'un foldat Athénien, mêlé
  parmi le peuple, un javelot & vient fondre fur
  BATHILE, qui le défarme, l'abbat & lui pardonne.)*

HERMOTIME.

Prévenés fa fureur ; qu'on l'entraîne.

CHLOÉ.

Grands dieux !

BATHILE.

Pardonnés fes tranfports à fon amour extrême,
Et révoqués des ordres rigoureux :
Quand on perd ce qu'on aime
N'eft-on pas affés malheureux ?

C

HERMOTIME.

Qu'entends-je?.. votre voix m'implore pour Harpage !
Bathile, à vos defirs je ne réfifte plus :
Vos talents ont déja remporté l'avantage ;
  S'ils n'avoient pas décidé mon fuffrage,
   Je le devrois à vos vertus.

(*Il unit* BATHILE *&* CHLOÉ *, & pendant le trio
  on emporte l'autel & le tableau.*)
HERM. Applaudiffés à fa victoire,
CHLOÉ. Chantés l'Amour, c'eft le dieu des talents.
BATH. Je lui dois mes fuccès brillants.

ENSEMBLE.

Célébrés dans vos chants fon triomphe & fa gloire.
CHŒUR.

 Applaudiffons, &c. (*On danfe.*)
HERMOTIME.

Accourés embellir ces jeux,
 Enfants chéris de Terpficore :
 Venés, par des efforts heureux,
  Mériter en ces lieux
Un prix flatteur, formé des dons de Flore.

(*Un jeune danfeur & une jeune danfeufe tentent à
l'envi d'obtenir le prix qui leur eft propofé : à la
fin de leurs danfes, on leur donne à chacun une
couronne de fleurs.*)

CHLOÉ. Que ta chaîne a d'attraits !
BATHILE. Amour, lance à-jamais
Tes traits.
CHLOÉ. S'il eſt des nœuds parfaits,

ENSEMBLE.

C'eſt pour nous qu'ils ſont faits.

CHLOÉ.

Mon cœur , enchanté de tes feux ,
Va prendre un nouvel être.

BATHILE.

Je ne connois de jours heureux
Que ceux que tu fais naîtrè.

ENSEMBLE.

Que ta chaîne , &c.

(*Une fête génerale termine cet aĉte.*)

FIN DE LA PREMIÈRE ENTRÉE.

✳

C ij

THÉODORE,

BALLET-HÉROÏQUE EN UN ACTE.

DEUXIÈME ENTRÉE.

AVERTISSEMENT.

*L*E *ſujet de cet Aĉte eſt le même que celui qui a été traité par M. Roi, dans le Ballet des Grâces ; on a ſupprimé le rôle d'*EUDOXE*, mere de *THÉODORE*, parce qu'on a cru qu'il faiſoit longueur : on a d'ailleurs changé peu de chôſes à l'ordre des Scênes.*

Les vers marqués par des guillemèts, ſont de l'ancien Opera.

ACTEURS CHANTANTS.

THÉOPHILE, *Empereur
de Bisance*,   M. l'Arrivée.

THÉODORE.   Mlle. du Plant.

LÉONCE, *confident de l'Em-
pereur*,   M. de la Suze.

RIVALES *choisies pour disputer l'Empire.*

PEUPLES *de Bisance.*

La Scêne est à Bisance, dans le Palais de
l'Empereur.

PERSONNAGES DANSANTS.

PEUPLES DE BIZANCE.

Mlle. GUIMARD.

M. VESTRIS, GARDEL.

M. LE FEVRE.

Mlles. Julie, Cléophile, la Fond, d'Elfevre.

M^{rs}. Trupti, Henri, Rivet, Hennequin, l.,
du Chaiſne, Dangui, Huart, Aubri, le Roi, r.,
des Bordes, Pladix, le Breton.

Mlles. Thevenet, Adeline, du Bois, Lallin, Rozé,
Martin, Jonveau, le Houx, du Meſnil, l'Huillier,
Felmé, de Nogentelle.

THÉODORE

THÉODORE,
BALLET HEROÏQUE.

SECONDE ENTRÉE.

Le théâtre repréſente le palais des Empereurs de Biſance.

SCÈNE PREMIÈRE.
THÉOPHILE, *ſeul.*

» Retraite, qui cachés l'aimable Théodore,
» Retracés lui toûjours mes ſoûpirs & mes feux :
    Son cœur n'eſt point ambitïeux ;
    La feinte eſt un art qu'elle ignore :
J'aſſûre mon bonheur en lui célant encore
    Le rang où m'ont placé les dieux.

Retraite, &c.

D

SCÉNE II.

THÉOPHILE, LÉONCE.

LÉONCE.

» **P**Armi tant de beautés, dont la troupe jalouse
    » Occupe, ou cherche vos regards,
» Nommerés-vous enfin, seigneur, l'heureuse épouse
    » Qui doit monter au trône des Céfars.

THÉOPHILE.

Mon choix eft fait, Léonce ; il faut ne te rien taire :
Mais je veux à toi feul dévoiler ce miftère.

Rappelle-toi ce jour, qu'égaré dans nos bois,
Et furpris par la nuit, je cherchois un afile ;
Le fort guida mes pas vers un réduit tranquille
Où l'Amour, pour jamais, m'enchaîna fous fes loix :
C'eft là que j'apperçus l'objet dont j'ai fait choix.

Il faudroit que l'Amour me prêtât fon langage
Pour t'exprimer l'excès de ma félicité.
    Peins-toi le plus rare affemblage
Des attraits dont les dieux font briller la beauté,
Et tu n'auras encor qu'une imparfaite image
Des charmes de l'objet dont je fuis enchanté.

Pour t'exprimer l'excès de ma félicité
Il faudroit que l'Amour me prêtât son langage.

LÉONCE.

» Connoît-elle le nom, le rang de son vainqueur ?
» Et sait-elle à quel point votre flâme l'honore ?

THÉOPHILE.

» J'ai voulu me cacher, pour éprouver son cœur ;
        » Et c'est un secret qu'elle ignore :
Mais il faut qu'à ses yeux il éclate en ce jour.
Depuis qu'un ordre exprès l'a conduite à ma cour,
        » Les vains honneurs, dans son âme fidele,
        » N'ont jamais balancé l'amour.

LÉONCE.

Peut-être que l'éclat dont brille ce séjour ...

THÉOPHILE.

Suis-moi : je veux tenter une épreuve nouvelle,
D'où va dépendre enfin son destin glorïeux :
Je la vois ... évitons de paroître à ses yeux.
(Ils sortent.)

D ij

SCÊNE III.

THÉODORE, seule.

AMour, cruël Amour, rends l'espoir à ma flâme,
Ou cèsse, pour jamais, de regner dans mon âme.
Inutiles desirs !.. j'ai perdu mon amant :
Ah ! quand l'ingrat peut-être a trahi sa tendresse ,
Par quel charme inconnu, par quel fatal penchant
Mon cœur s'occupe-t-il sans-cèsse
Du soûvenir d'un inconstant?

Amour, cruël Amour, &c.

(*Le fond du théâtre s'ouvre & laîsse voir les rivales
choisies pour disputer l'Empire.*)

On vient : je vois mes rivales paroître...
Amour, dieu de mon cœur, embellis leurs attraits
Aux yeux de notre auguste maître :
Puisse-t-il dans ces lieux m'oublier pour jamais !

SCÈNE IV.

THÉODORE, Chœur de rivales.

LE *CHŒUR.*

Venés avec nous, aimable rivale,
Goûter dans ce féjour le charme des plaifirs :
Nous difputons un bien d'un prix que rien n'égale,
Et qui doit flatter nos defirs.

THÉODORE.

Je n'apporte ici que des larmes ;
Je ne difpute rien à tout ce que j'y vois :
Eh! comment l'Empereur, en voyant tant de charmes,
N'a-t-il pas déja fait fon choix ?

LE *CHŒUR.*

On ne rend pas toûjours juftice
Aux attraits
Les plus parfaits ;
L'amour eft enfant du caprice

Et le hafard guide fes traits.

    Les amants ne confultent guère
Que le penchant qui les fait aimer;
Et, pour nous, le defir de leur plaire
N'eft pas toûjours l'art de les charmer.

(On danfe.)

T H É O D O R E.

    » Je fuis prête à vous fuivre :
» Laiffés-moi revenir du trouble & de l'effroi
    » Où mon cœur en fecret fe livre :
» A votre emprèffement je fais ce que je doi.

(*Les rivales fortent : les portes de l'appartement*
fe referment.)

SCÈNE V.

THÉODORE, THÉOPHILE.

THÉOPHILE, à part au fond du théâtre.

QUE vois-je? o ciel! c'eſt Théodore?
A ſon aſpect mon trouble augmente encore.

THÉODORE.

» Eſt-ce vous?.. quel bonheur vous préſente à mes
yeux?

THÉOPHILE.

Je ne m'attendois pas à vous voir en ces lieux.

THÉODORE.

» De mon malheur me faites-vous un crime?
D'un rigoureux devoir déplorable victime,
Malgré-moi dans ces lieux on a conduit mes pas.

THÉOPHILE.

Le devoir ſeul ne vous y conduit pas.

THÉODORE.

Qu'entends-je, o ciel ! eh quoi, loin de me plaindre,
Vous me foupçonneriés d'une infidelité ?

THÉOPHILE.

Je vois l'excès des maux que mon amour doit craindre ;
Vous allés m'immoler à votre vanité.

THÉODORE.

Ma tendreffe eft toûjours la même ;
Voudrois-je tromper mon amant ?
L'éclat de la grandeur suprême
Vaut-il un tendre fentiment ?

THÉOPHILE.

» En voyant l'Empereur, vous changerés peut-être.

THÉODORE.

» Non : je ne veux jamais le voir, ni le connoître.

THÉOPHILE.

Je n'ai qu'un cœur à vous offrir.
                                    THÉODORE.

THÉODORE.

Il suffit à mes vœux.

THÉOPHILE.

Non, vous devés me fuir.

THÉODORE.

Pouvés-vous defirer que je vous abandonne ?

THÉODORE. { L'amour tendre, que l'on couronne,
{ Doit-il être fi peu jaloux ?

THÉOPHILE. { La beauté vous appele au trône ;
{ Formés des nœuds dignes de vous.

THÉODORE. { Vous me confeillés l'inconftance !
{ Eft-ce ainfi que l'on doit aimer ?

THÉOPHILE { Je fais combien je vous offenfe ;
·{ Mais rien ne doit vous allarmer.

THÉODORE. { Vous brûlés pour d'autres charmes.
THÉOPHILE. { Non, mon cœur vous rend les armes.

ENSEMBLE.

THÉOPHILE.	THÉODORE.
Rien ne brîfera mes nœuds.	Vous avés brîfé vos nœuds !
Vous devés chérir la vie ;	J'aurois pu chérir la vie ;
Je n'aurai point d'autre envie	Mais je n'ai plus d'autre envie
Que de voir combler vos vœux.	Que de la perdre à vos yeux.

E

THÉOPHILE.

» Vous fuyés....

THÉODORE.

Laiffés-moi.

THÉOPHILE.

Non : je fuis trop heureux.
» Avec l'inconnu qui vous aime
» Voyés tout l'univers tomber à vos genoux.

(*Le fond du théâtre s'ouvre, les peuples rempliffent la fcêne.*)

SCÊNE DERNIÈRE.

Les ACTEURS *de la Scêne précédente.*
SUITE *de l'Empereur,* PEUPLES *de Bizance.*

THÉODORE.

Est-ce un fonge trompeur? quelle furprife extrême!

THÉOPHILE.

» Recevés la grandeur fuprême,
» Mon cœur en vous l'offrant croit la tenir de vous.

(*Sur une marche, les peuples s'avancent & marquent leur fatisfaction par des danfes.*)

THÉOPHILE.

Peuples, rendés hommage à votre souveraine.

Théodore a fixé mon choix ;

Vous allés jouïr, sous ses loix,

Du bonheur que j'attends d'une si belle chaîne.

(La fête continue.)

THÉOPHILE.

Célébrés votre souveraine.

Que son nom vole dans les airs ;

Chantés mon trïomphe & sa gloire.

LE CHŒUR.

Que son nom, &c.

THÉOPHILE.

Que la voix des plaisirs anime vos concerts ;

D'un si beau jour consacrés la mémoire.

LE CHŒUR.

D'un si beau jour, *&c.*

(Pendant ce Chœur, les dames du palais & les officiers de l'Empereur conduisent THÉODORE au trône, qui est élevé à cet effet au fond du théâtre.

THÉOPHILE va se placer à côté de THÉODORE : les principaux seigneurs de sa Cour lui apportent le sceptre & la couronne, qu'il place sur la tête de la nouvelle Impératrice.)

(Cet acte est terminé par une fête génerale.)

FIN DE LA SECONDE ENTRÉE.

E ij

LA COUR D'AMOUR,

OU

LES TROUBADOURS,

PASTORALE-HÉROÏQUE,

EN UN ACTE.

XXXXXXXXXXXXXXXXXXXXXXXXXXXXXXXXXXXXXXX

TROISIÈME ENTRÉE.

XXXXXXXXXXXXXXXXXXXXXXXXXXXXXXXXXXXXXXX

ACTEURS CHANTANTS.

AGLAÉ, *Présidente de la Cour d'Amour*, Mde. l'Arrivée.

FLORIDAN, *amant d'Aglaé*, M. le Gros.

CÉPHISE, *amie d'Aglaé, dans les intérêts de Floridan*, Mlle. Beaumesnil.

UN VIEILLARD, *Provençal*, M. l'Arrivée.

UNE VIEILLE, Mlle. Châteauneuf.

TROUBADOURS, *dansants*.

BERGERS & BERGERES.

PROVENÇAUX, *dansants*.

VIEILLARDS PROVENÇAUX, *dansants*.

La Scêne est dans un bocage, près la ville d'Arles, en Provence.

PERSONNAGES DANSANTS.

TROUBADOURS.

M. GIROUX.

Mlles HIDOU, COMPAIN.

Mrs. du Bois, Guillet, le Roi, 2, du Pré, Barré, Duffel.

Mlles. Deshaies, Belletour, Lolotte, Huet, de Milli, des Gravières.

PROVENÇAUX.

M. D'AUBERVAL.

Mlles. ALLARD, PESLIN,

Mrs. Caster, Giguet, Hennequin, c., Lieffe, la Rue, Fontaine.

Mlles. d'Auvilliers, du Mont, Henriette, Ifoire, Jude, le Monier.

VIEILLARDS.

M. MALTER, Mlle. LA FOND.

SCÊNE

LA COUR D'AMOUR,

PASTORALE HÉROÏQUE
EN UN ACTE.

TROISIÈME ENTRÉE.

Le théâtre repréſente un bocage, borné par une chaîne de montagnes. Dans le milieu eſt une ſtatue de l'Amour, aux piés de laquelle eſt un trône de fleurs : des deux côtés ſont des amphithéâtres.

SCÈNE PREMIÈRE.

FLORIDAN, ſeul.

VOLE Amour, remplis mon âme
De l'ivreſſe du bonheur :

F

Trïomphe des rigueurs de l'objet qui m'enflâme,
Et fais pâffer dans fon cœur
Le fentiment de ma flâme.

Vole, Amour, remplis mon âme
De l'ivreffe du bonheur.

Quand un cœur fenfible & tendre
Sait bien aimer,
Ne devroit-il pas s'attendre
A tout charmer ?
Amour, invente des peines,
Fais-moi fouffrir ;
Mais j'ai vécu dans fes chaînes,
J'y veux mourir.

Tout dans ma belle maîtreffe
M'a fu ravir :
Elle occupera fans-cèffe
Mon foûvenir :
Ses rigueurs, trop inhumaines,
Me font languir :
Mais j'ai vécu dans fes chaînes,
J'y veux mourir.

SCÈNE II.

FLORIDAN, CÉPHISE.

CÉPHISE.

L'Infensible Aglaé dans cés lieux va fe rendre.

FLORIDAN.

Je hâtois par mes vœux l'inftant de vous revoir :
O ma chere Céphife ! à votre amitié tendre
Devrai-je mon bonheur ? & venés-vous m'apprendre
Si je dois conferver, ou perdre tout efpoir ?

CÉPHISE.

Des amants fur nos cœurs connoiffés le pouvoir.

Il n'eft point de belle,
A l'Amour rebelle,
Qu'un amant fidele
Ne puiffe charmer :
L'art de triompher de la plus cruëlle,
C'eft de bien aimer.

F ij

    S'il en eſt qui ſe contraignent
    Pour former des nœuds charmants,
    C'eſt moins l'Amour qu'elles craignent,
    Que l'inconſtance des amants.

FLORIDAN.

Achevés de calmer le trouble de mon âme :
    Malgré le pretexte des jeux,
Je tremble d'employer le ſtratagême heureux
    Qui doit favoriſer ma flâme.

CÉPHISE.

Rien ne doit vous troubler.

FLORIDAN.

        Tout allarme un amant.

CÉPHISE.

Sous le nom de Miſis, ſous un déguiſement,
Que l'inſtant, que le lieu, que la fête autoriſe,
Nous ferons expliquer un cœur indifferent :
Quand je ſers vos projèts, quand je les favoriſe,
C'eſt qu'à vos tendres feux cette ruſe eſt permiſe.

FLORIDAN.

Je trompe ce que j'aime ! & peut-être qu'un jour
    Mon hommage auroit ſu lui plaire.

CÉPHISE.

Un peu d'art en amour
Eſt ſouvent néceſſaire.

Amants, amants, c'eſt une erreur
De vouloir qu'une beauté fière
Convienne jamais la première
Du triomphe de ſon vainqueur :
N'y comptés pas ; c'eſt une erreur.
Suivés ce que l'Amour lui-même
Vous preſcrit, pour votre bonheur :
Ce n'eſt pas tromper ce qu'on aime,
Que d'éclairer les ſecrèts de ſon cœur.

FLORIDAN.

Aglaé vient. Avant de faire uſage
Des leçons que vous me donnés,
Souffrés que mes ſoûpirs, par un nouvel hommage,
Méritent d'être couronnés.

(CÉPHISE ſort).

SCÈNE III.

FLORIDAN, AGLAÉ.

FLORIDAN.

Par vous, belle Aglaé, l'Amour va dans nos fêtes
De mille amants regler l'heureux destin :
Ce dieu, pour mon bonheur, peut-il s'attendre enfin
A vous compter au rang de ses conquêtes ?

AGLAÉ.

Accordés, dans mon cœur, la raison & l'Amour,
Et je vous cede la victoire.
Du penchant le plus doux l'une défend ma gloire;
L'autre exige de moi le plus tendre retour.
Accordés, donc mon cœur, la raison & l'Amour,
Et je vous cede la victoire.

FLORIDAN.

Eh ! que pouvés-vous craindre en couronnant mes
feux ?

AGLAÉ.

Si les cœurs qu'Amour enchaîne
Étoient constants dans leurs nœuds,
Loin de m'en faire une peine,
Je voudrois aimer comme eux.

Mais, pour le malheur des belles,
Un souffle éteint son flambeau :
Ah! pourquoi n'est-il pas sans ailes,
Comme il est souvent sans bandeau!

F L O R I D A N.

Faites vous de l'Amour une plus douce image.

Ce n'est pas en tiran qu'il règne dans un cœur :
    Si l'univers lui rend hommage,
    C'est qu'il est le dieu du bonheur.

Faites vous de l'Amour une plus douce image.

A G L A É, *à part.*

Dieux, quel trouble m'agite!

F L O R I D A N.

                    Eh quoi, vous soûpirés?

A G L A É.

On vient : laissés en paix mon âme indifferente.
Sur le prix que mérite une ardeur si constante,
    Mes yeux un jour peuvent être éclairés.

F L O R I D A N, *à part.*

Acheve, Amour, viens attendrir son âme,
Et seconde un projet inspiré par ta flâme.
                    (*Il sort*).

SCÊNE IV.

AGLAÉ, BERGERS & BERGERES,
TROUBADOURS, VIEILLARDS,
PROVENÇAUX , *qui arrivent en danſant.*

(*Pendant le Chœur ,* AGLAÉ *fait placer tous les personnages chantants & danſants ſur les deux amphithéâtres. A la fin du Chœur , elle va s'aſſeoir ſur le trône qui lui eſt deſtiné , ayant à ſes côtés les vieillards.*)

LE CHŒUR.

Dans ce ſejour
Le dieu d'Amour
Doit en ce jour ,
Tenir ſa Cour.
Venés , amants , accourés à nos voix ,
C'eſt la beauté qui va dicter ſes loix.

(On danſe.)

SCÊNE

SCÉNE DERNIÉRE.

AGLAÉ, *les* ACTEURS *précédents*, CÉPHISE, FLORIDAN, *fous le nom de* MISIS, & *mafqué.*

FLORIDAN.

Jugés cette amante infenfible.

CÉPHISE.

Ceffés, Mifis, de contraindre en ce jour
Les vœux d'un cœur paifible :
J'aimerois, s'il m'étoit poffible
De craindre moins l'Amour.

FLORIDAN.

Pour fuir l'Amour & pour le craindre,
Il faut avoir gémi fous le poids de fes traits :
Votre cœur peut-il fe plaindre,
D'un fentiment qu'il n'éprouva jamais ?

AGLAÉ, *à part.*

Qu'entends-je ? quels accents ? Ciel ! fachons nous
contraindre.

G

CÉPHISE.

Les amants
Seroient charmants,
Sans l'art qu'ils ont de favoir feindre.
L'Amour, à les entendre, eft un dieu plein d'attraits ;
Leurs ferments, chaque jour, atteftent fes bienfaits ;
Sa flâme par le tems ne peut jamais s'éteindre :
Toûjours tendres, toûjours conftants,
S'ils reffentoient l'Amour comme ils favent le pein-
dre,
Les amants
Seroient charmants.

FLORIDAN.

L'objet de mon amour extrême
Peut différer encor l'inftant de mon bonheur ;
Mais rien n'éteindra mon ardeur.
Quand je le jure à ce que j'aime,
Me puniffe des dieux la puiffance fuprême
Si je trahis jamais le ferment de mon cœur.

AGLAÉ, à FLORIDAN.

Au deftin le plus doux vous devés vous attendre.
(à CÉPHISE.)
Aimés, jeune beauté ; vous réfiftés envain.

Soyés le prix d'un cœur fidele & tendre :
L'Amour le veut ; tel eſt ſon ordre ſouverain.

FLORIDAN, avec tranſport, & ſe démaſquant.

C'eſt vous, c'eſt vous ſeule que j'aime,
Belle Aglaé, vous vous jugés vous-même.

A G L A É.

Qu'entends-je ?

F L O R I D A N.

Confirmés un arrêt ſi flatteur !
Pardonnés à mes feux cette innocente ruſe :
Vous devés connoître mon cœur,
Et ma tendreſſe eſt mon excuſe.

CÉPHISE avec le CHŒUR.

Aimés, belle Aglaé ; vous réſiſtés envain :
Soyés le prix d'un cœur fidele & tendre :
L'Amour le veut ; tel eſt ſon ordre ſouverain.

A G L A É.

Je ne m'en défends plus : l'Amour enfin m'enflâme ;
Le charme de vos feux
A pâſſé dans mon âme :
Vous triomphés.

F L O R I D A N.

Je lis mon bonheur dans vos yeux.

A G L A É.

Témoins de ma tendreſſe, imités mon exemple;
    Cédés au plus doux des vainqueurs.
Les arrêts de l'Amour ſont gravés dans nos cœurs:
    Que ſans-ceſſe il y trouve un temple:
C'eſt en aimant qu'on obtient ſes faveurs.

C É P H I S E, aux bergers.

    Qu'une ardeur nouvelle
Anime vos ſons en ce jour:
Chantés l'amant le plus fidele,
Et le trïomphe de l'Amour.

L E C H Œ U R.

Qu'une ardeur nouvelle, *&c.*

               (*On danſe.*)

A G L A É.

L'Amour eſt ſûr de ſa victoire,
Quand il nous bleſſe de ſes traits.
Comment lui réſiſter? ſa chaîne a mille atttaits,
Et notre bonheur fait ſa gloire.

               (*On danſe.*)

A G L A É.

L'Amour a comblé mes deſirs,
Que les traits qu'il lance ont de charmes.
Trïomphe, dieu charmant: quand on te rend les
    armes,
    Ton règne eſt celui des plaiſirs.

               (*On danſe.*

CÉPHISE, une VIEILLE & un VIEILLARD
Provençaux.

Aimable jeuneffe,
Livrés-vous à la tendréffe;
Souffrés que l'Amour vous bleffe :
Dans fes nœuds tout interéffe.
La froide vieilleffe,
Malgré l'auftère fageffe,
S'en va regrettant fans-céffe
Des moments
Charmants.

La beauté s'efface ;
Quand l'hiver des ans nous glace,
L'Amour ne fuit plus nos traces;
Rien ne fait nous charmer :
L'âge heureux des grâces
Eft le tems d'aimer.

LE *CHŒUR.*

Aimable jeuneffe, &c.

CÉPHISE, le VIEILLARD & la VIEILLE.

L'Amour eft doux à connoître :
Cherchés, fous un fi bon maître,
Les fleurs qu'il fait naître
Pour les cueillir :

Sa main vous les donne,
Pour en former la couronne,
Dont le fage
Fait hommage
Au plaifir.

LE CHŒUR.

Aimable jeuneffe, &c.

(*Un divertiffement géneral termine le fpectacle.*)

FIN.

APPROBATION.

J'Ai lu, par ordre de Monfeigneur le Chancelier, l'UNION de l'AMOUR & des ARTS, Ballet-Héroïque, compôfé des Actes de *Bathile* & *Chloé*, de *Théodore*, & de la *Cour d'Amour* : je crois qu'on peut en permettre l'impreffion.

A Paris ce 3 Août 1773.

MARIN.